帶暴龍去玩具分享日！

德克斯特·T·暴龍
系列作品

文/圖

琳賽·華德
LINDSAY WARD

翻譯

葛容均

給傑克森與塔克，

永遠，永遠。

文、圖／琳賽·華德 譯／葛容均

副主編／胡琇雅 企劃／倪瑞廷 美術編輯／蘇怡方

董事長／趙政岷 第五編輯部總監／梁芳春

出版者／時報文化出版企業股份有限公司

108019台北市和平西路三段240號七樓

發行專線／(02) 2306-6842

讀者服務專線／0800-231-705、(02) 2304-7103

讀者服務傳真／(02) 2304-6858

郵撥／1934-4724時報文化出版公司

信箱／10899臺北華江橋郵局第99信箱

統一編號／01405937

copyright © 2020 by China Times Publishing Company

時報悅讀網／www.readingtimes.com.tw

法律顧問／理律法律事務所 陳長文律師、李念祖律師

Printed in Taiwan

初版一刷／2020 年 7 月 10 日

初版二刷／2023 年 3 月 27 日

版權所有 翻印必究 (若有破損，請寄回更換)

採環保大豆油墨印製

IT'S SHOW AND TELL DEXTER!

Text and illustrations copyright © 2018 by Lindsay Ward

First published by Two Lions, New York

This edition is made possible under a license arrangement originating with Amazon

Publishing, www.apub.com, in collaboration with The Grayhawk Agency.

Complex Chinese edition copyright © 2020 by China Times Publishing Company

All rights reserved.

喔ਟ，嗨ਸ，你ਤ好ਖ！

是ਟ我ਟ。德ਟ克ਟ斯ਟ特ਟ・丁・暴ਟ龍ਟ。

猜猜明天是什麼日子？

我好興奮，簡直等不及了！

明天就是最最重要的一天……

玩ㄨㄢˊ 具ㄐㄩˋ
分ㄈㄣ 享ㄒㄧㄤˇ 日ㄖˋ！

我已經自我訓練好幾週了，
為的就是要讓自己的體能達到巔峰狀態。

5 點鐘起床。

伸長啊，
小手臂，
伸長啊！

密集運動。

並且持續補充水分。

蘋果汁

每日一蘋果

什麼？你說「為什麼」？

每個玩具都夢想著能夠
被帶去玩具分享日。
如果一切順利的話，
我會獲得
「超值得永遠珍藏」的殊榮。

這件事，傑克已經講了好幾週了！
他告訴我，他甚至不知道
戴蒙與杭特會帶什麼樣的玩具去。
而且他們還是他最好的朋友呢！
(……當然是除了我以外。)

別告訴傑克，

我已經感到有點緊張了。

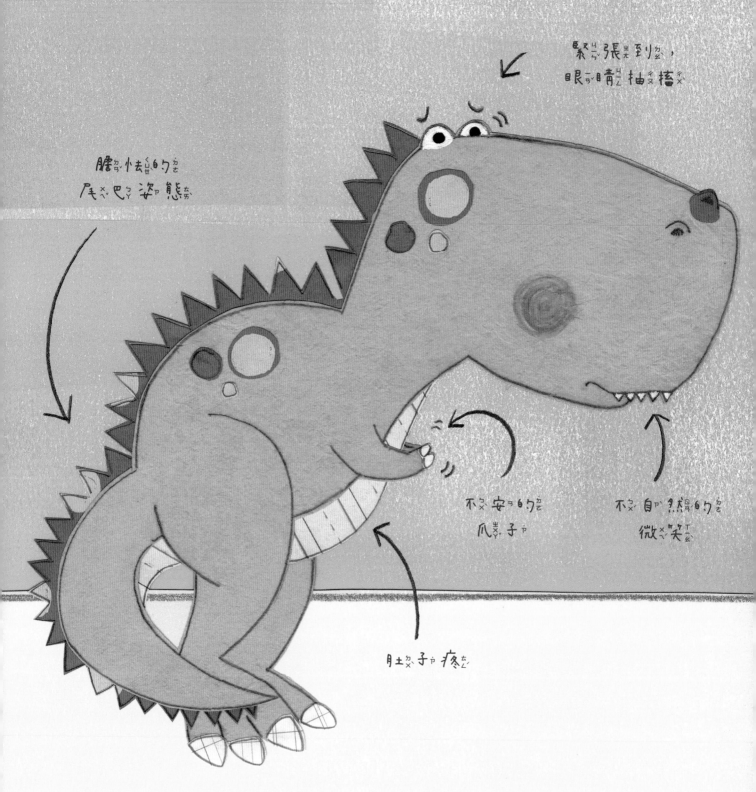

緊張到，
眼睛抽搐

膽怯的
尾巴姿態

不安的
爪子

不自然的
微笑

肚子疼

如果沒有人喜歡我呢？

我ㄨㄛˇ知ㄓ道ㄉㄠˋ了ㄌㄜ˙！ 來ㄌㄞˊ點ㄉㄧㄢˇ扮ㄅㄢˋ裝ㄓㄨㄤ怎ㄗㄣˇ麼ㄇㄜ˙樣ㄧㄤˋ？

這ㄓㄜˋ麼ㄇㄜ˙做ㄗㄨㄛˋ一ㄧˊ定ㄉㄧㄥˋ能ㄋㄥˊ讓ㄖㄤˋ我ㄨㄛˇ勝ㄕㄥˋ出ㄔㄨ。

等ㄉㄥˇ等ㄉㄥˇ喔ㄛˊ！

好了，這是第一選項。

傑克班上有隻寵物兔邦妮。
每個人都喜歡她。
傑克也總是談起她，
所以，我想……

好ㄏㄠˇ吧ㄅㄚˇ，好ㄏㄠˇ吧ㄅㄚˇ。
我ㄨㄛˇ知ㄓ道ㄉㄠˋ你ㄋㄧˇ會ㄏㄨㄟˋ喜ㄒㄧˇ歡ㄏㄨㄢ這ㄓㄜˋ個ㄍㄜˋ。

太ㄊㄞˋ空ㄎㄨㄥ人ㄖㄣˊ很ㄏㄣˇ酷ㄎㄨˋ！瞧ㄑㄧㄠˊ瞧ㄑㄧㄠˊ這ㄓㄜˋ套ㄊㄠˋ吧ㄅㄚ！

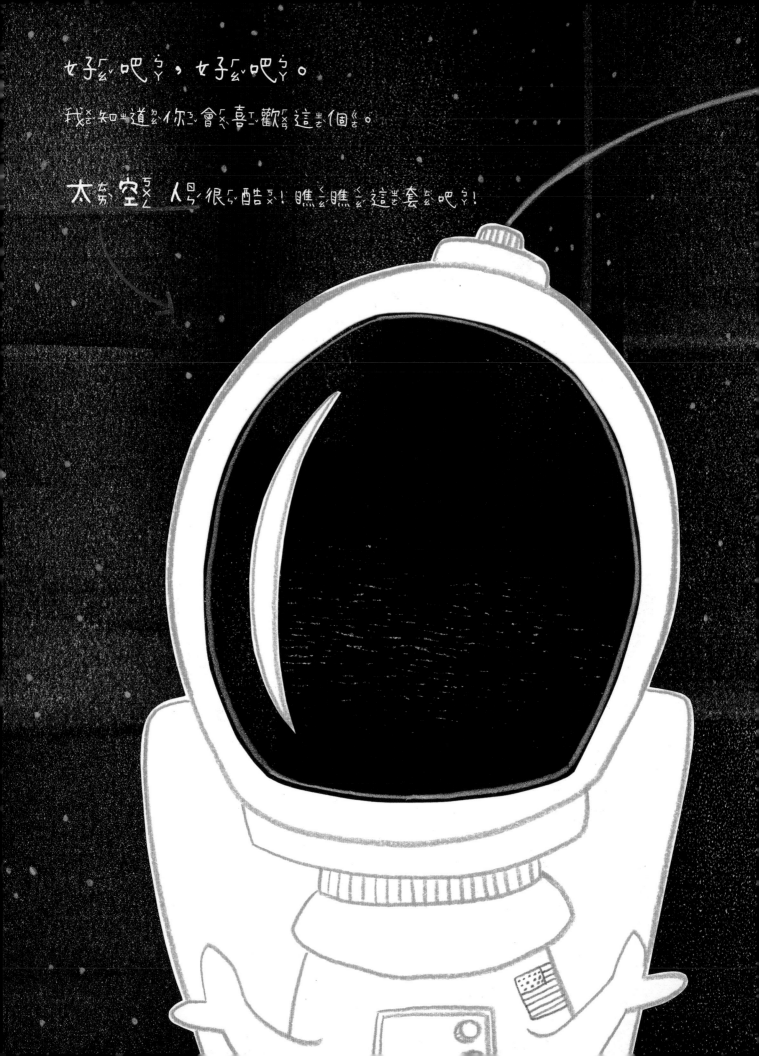

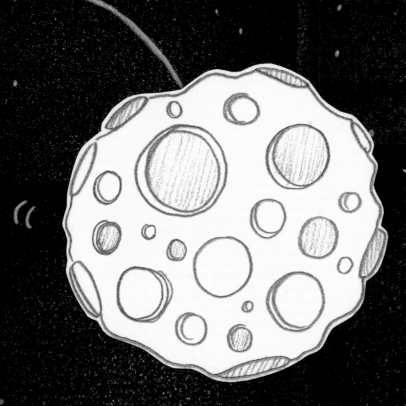

會彈跳的
月球道具

說什麼呢？你看不見我的臉？

我就在這裡啊！

喔，你指的是這頂面罩，
的確挺棘手的。

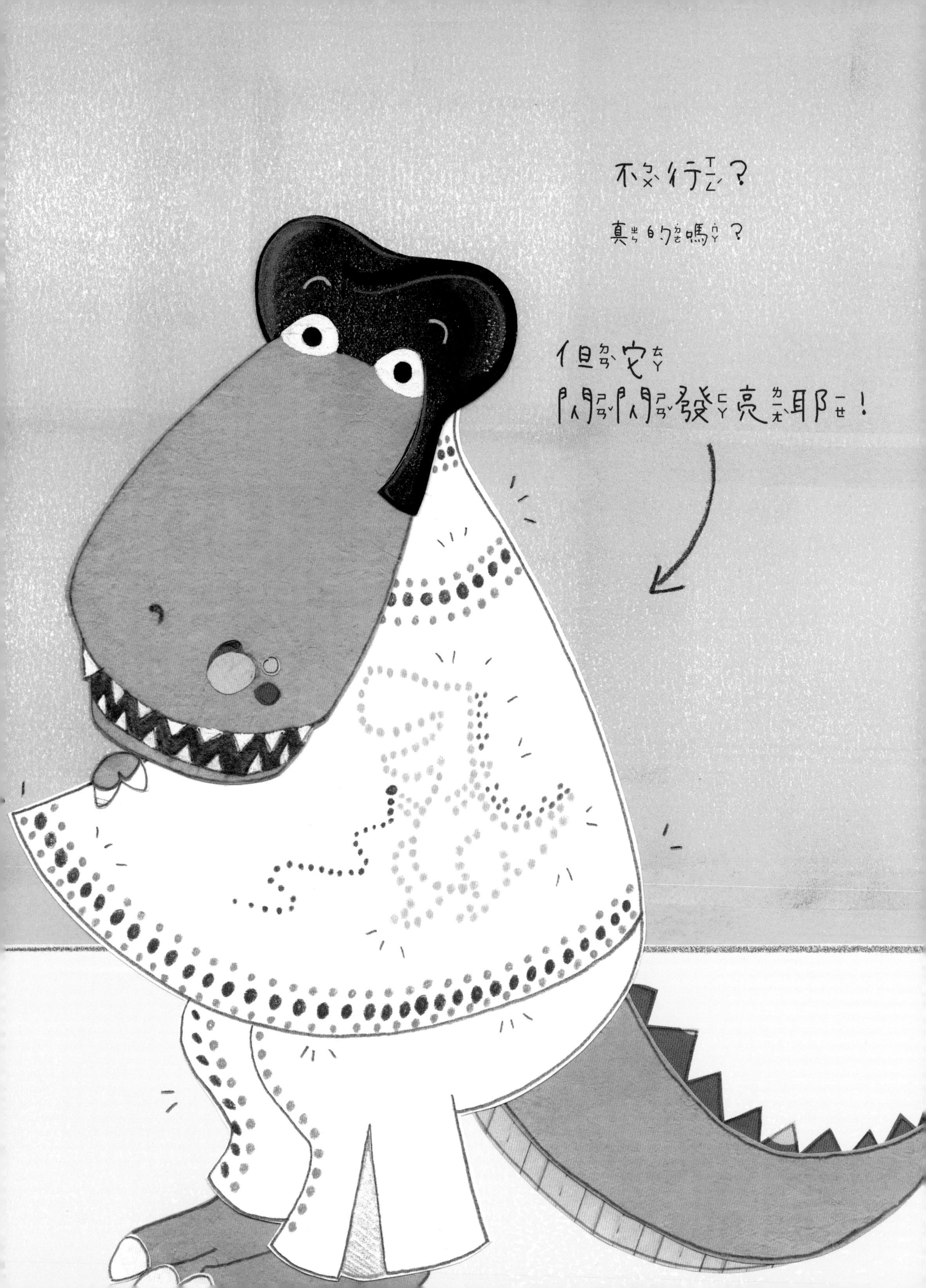
不行？
真的嗎？
但它
閃閃發亮耶！

那些已一經是我最好的扮裝服了。
你們卻一套都不喜歡！

我知道了！

那來點刺激的表演如何？

騷莎舞？

曼波舞？

恰恰？

太超過了？

我知道了！ 我能倒著背誦出

美國各州的首都！

呃⋯⋯ 啊⋯⋯ 嗯⋯⋯ 嗯哼⋯⋯

嘿⋯⋯

⋯⋯你知道這些首都的名字嗎？

這可比我想的還要難。

我知道了！來點模仿怎麼樣？

看懂了嗎？這是一隻跌倒卻爬不起來的

烏龜。

什麼？！看起來像隻跌倒卻爬不起來的暴龍？！

這（ㄓㄜˋ）可（ㄎㄜˇ）不（ㄅㄨˋ）ㄝ少（ㄇㄧㄠˇ）。

我沒有任何技藝！

我不會跳舞。

我不會背誦！

我不會表演或演講！

噢又，不又！假以如果……
這些想法太可怕了。

假以如果傑克不再認為我酷到
能夠去參加玩具分享日？

他有那麼多玩具，

假以如果他決定要帶
        其他玩具去？！

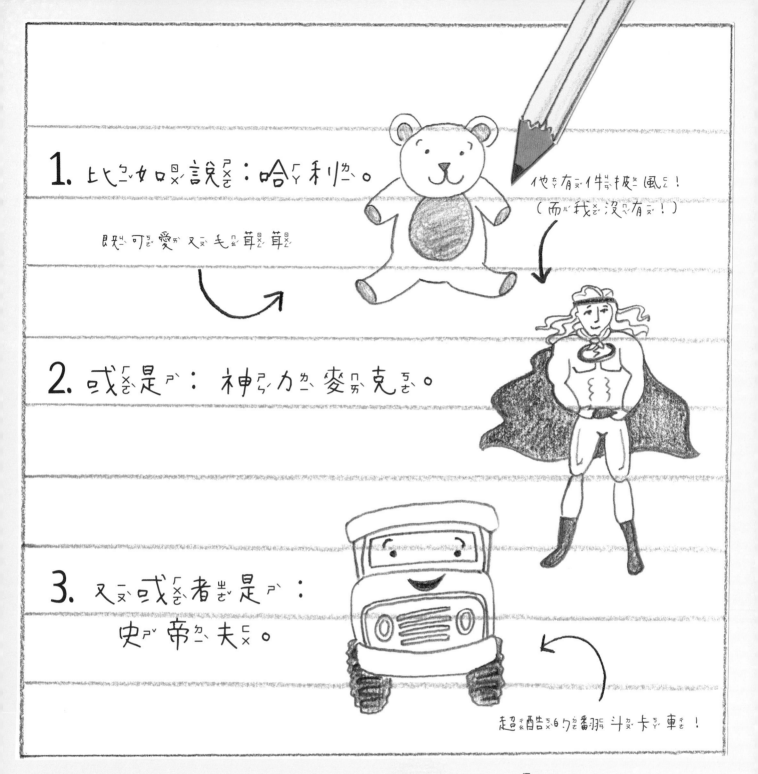

1. 比如說：哈利。

　　既可愛又毛茸茸

　　他有件披風！
　　（而我沒有！）

2. 或是：神力麥克。

3. 又或者是：
　　史帝夫。

　　超酷的翻斗卡車！

我的意思是，史帝夫什麼都好，可是……

不，不要啊。傑克必須帶我去。

我才是他的最愛。他總是這麼對我說的。

我是他身邊最慓悍、最強大、最酷的恐龍！

對吧？

可是……為了玩具分享日，我該怎麼做才好？

這天會是一個災難日！

也許明天我就生病了？

咳，咳。

其實，我不認為我需要裝病。

我的小肚肚感覺不大好。

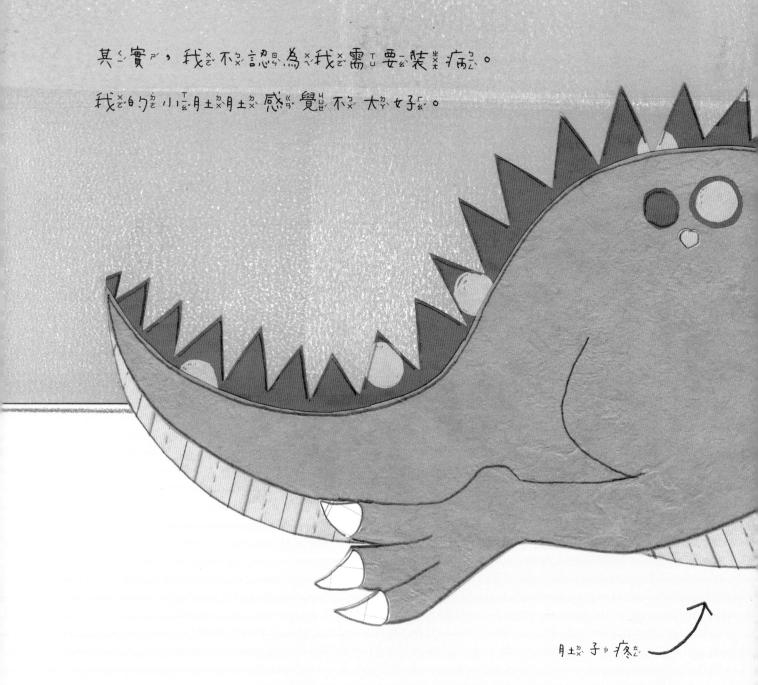

肚子疼

玩具分享日真令人恐懼。
真的很可怕。

我認為我根本做不來！
我無法承受這種壓力！

冷汗

黏答答的爪子
（噁！）

噢，不，這天還是來了……

深呼吸。

吸氣，吐氣。

吸氣，吐氣。

等等，
你說什麼？

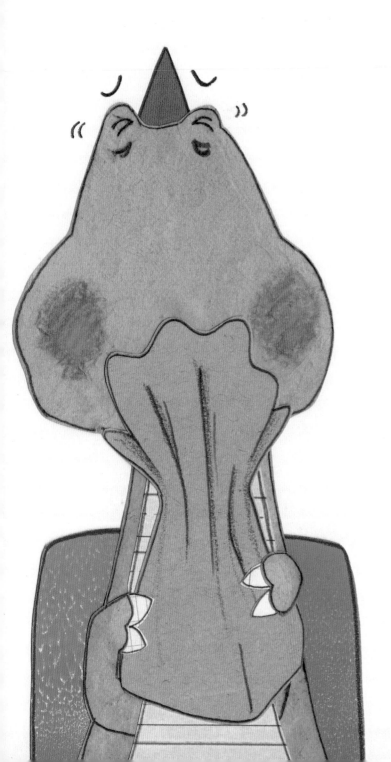

做我自己？

這是我聽過最愚蠢的話。

我沒有任何裝扮衣！也沒有任何技能！

我總是要有個什麼吧，不是嗎？

你真的認為

我可以⋯⋯只做我自己？

嗯⋯⋯

那好吧，確實有件事是我擅長的⋯⋯

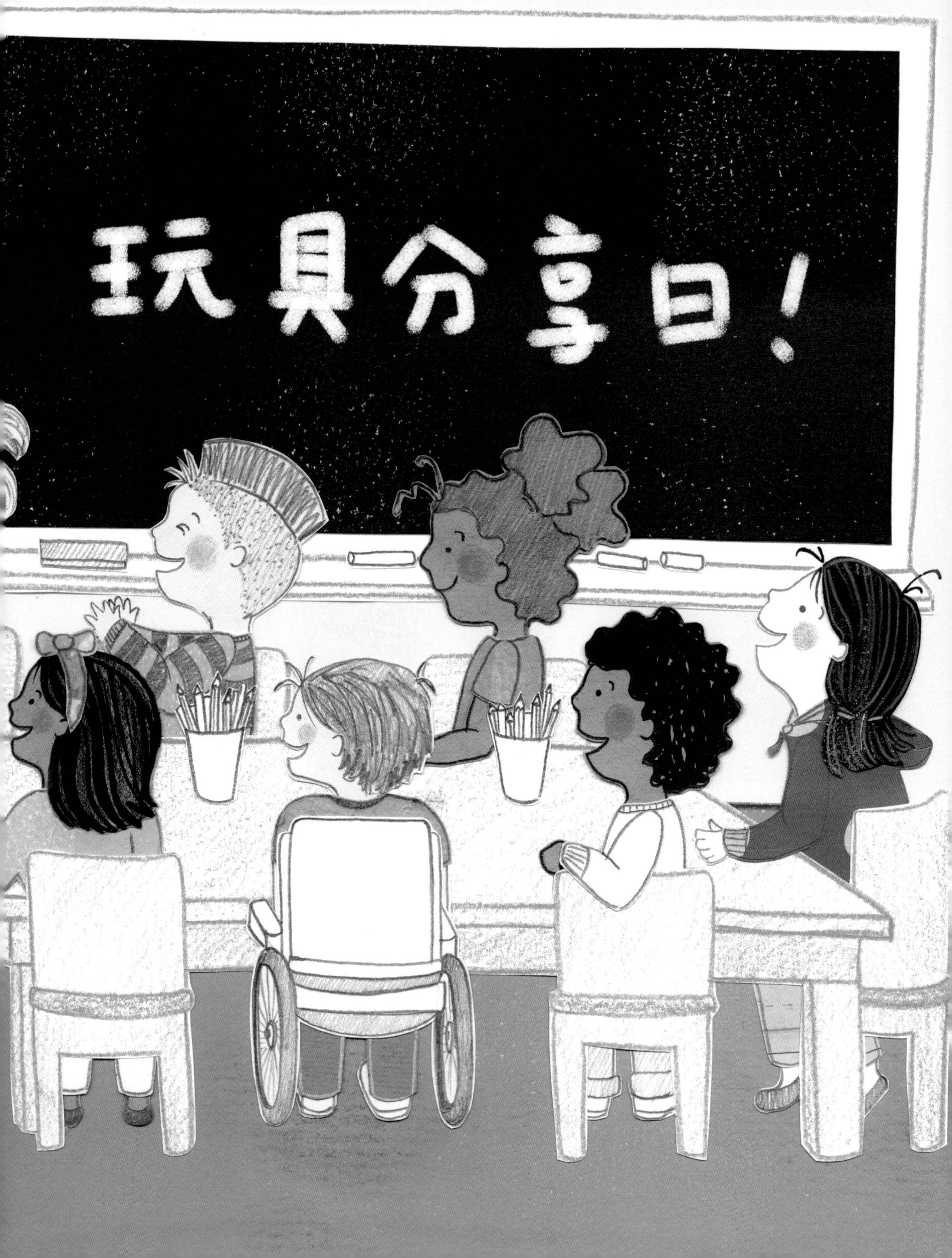
玩具分享日！